L'Affaire Caïus

FichesdeLecture.com

L'Affaire Caïus
(Fiche de lecture)

I. INTRODUCTION

L'Affaire Caïus est un roman historique écrit en 1953 et traduit par Olivier Séchan, puis publié en 2001 chez Hachette Jeunesse.

En 1933, l'auteur invente pour son fils Thomas atteint de scarlatine, une histoire avec un épisode par jour. Il s'agit de son premier roman, *Timpetill - Die Stadt ohne Eltern*, « *Timpetill – la ville sans parents* ». En 1953, Winterfeld écrit ce second livre, *Caius ist ein Dummkopf*, « *Caïus est un ane* ». Il y a par la suite deux autres volumes dans la série des Caïus.

L'action se déroule dans la Rome Impériale au le siècle avant Jésus-Christ. Un crime a été commis, un jeune garçon Rufus est accusé, ses camarades vont tout faire pour découvrir la vérité et innocenter l'accusé.

II. RÉSUMÉ DU ROMAN

Nous sommes dans une salle de classe pour les enfants des riches notables, il s'agit de l'école la plus réputée, située sur la place du forum. Les jeunes élèves suivent l'enseignement du vieux maître Xanthos ou Xantippe, grec il se montre souvent très sévère avec ses élèves. Les garçons se chamaillent souvent entre eux.

Rufus contourne le maître pour accrocher au tableau une tablette sur laquelle est écrit « *Caïus asinus est* » ce qui signifie « *Caïus est un âne* ». Toute la classe rit, sauf Caïus qui rougit de colère. Comment Rufus ose-t-il l'insulter, lui, le fils d'un riche sénateur ? Pour se venger, il crie à Rufus que son père, général qui vient d'essuyer une défaite contre les Gaulois, est un lâche. Rufus se jette alors sur Caïus.

Le maître les surprend et renvoie Rufus, ce dernier implore son maître de ne pas aller voir sa mère, mais rien n'y fait, puis il prend soin de ranger la tablette, que son maître mettra plus tard dans le bahut.

Le lendemain, une inscription est retrouvée en lettres rouge sang sur la façade du temple de Minerve, il s'agit de la même phrase. Le vieux maître a été attaqué pendant son sommeil, il dormait à côté de la salle de classe. Cette inscription est considérée dans la Rome impériale comme un terrible sacrilège, une profanation puisque le temple est un hommage à l'empereur.

Le coupable désigné de ce crime infâme est évidemment Rufus, dont l'écriture est identique. Caïus reconnaît cette phrase et dénonce Rufus à son père ce dernier, un riche sénateur, est très en colère et projette de le dénoncer au préfet de la ville.

Les camarades de Rufus, Mucius, Jules, Flavien, Publius et Antoine sont dans un premier temps convaincus de la culpabilité de leur ami et décident de lui rendre visite pour l'avertir de la colère du sénateur, ils voudraient l'aider à se cacher. Rufus les reçoit dans sa chambre car il est malade et leur jure qu'il est innocent. Les jeunes garçons décident alors de trouver le véritable coupable, celui qui a imité l'écriture de leur ami et profané le temple. Ils se rendent chez le sénateur pour le rencontrer, ce dernier accepte de les recevoir et pour vérifier la théorie d'un faussaire, il fait appeler un scribe pour qu'il compare les écritures, son jugement est sans appel, Rufus est bien l'auteur de l'inscription sur le temple. Vinicius menace encore de le dénoncer au préfet.

Dépités, les garçons retournent auprès de leur maître et découvrent que la tablette est introuvable quelqu'un l'a volée durant la nuit. Ils trouvent aussi une chaîne, Xantippe conclut qu'elle doit appartenir à son agresseur, mais qu'il s'agit aussi d'une chaîne appartenant à un général pour fermer un manteau.

Commence alors une enquête menée par les jeunes garçons au cœur de la Rome Antique. Les coups de théâtre se succèdent, le maître et les élèves émettent plusieurs hypothèses. L'auteur emploie plusieurs animaux pour qualifier les garçons lors de leur enquête : « comme des lièvres », « avec l'agilité d'un singe », « un saut de carpe » ou encore « comme de jeunes chiens ».

Rufus est arrêté, mais personne ne sait qui l'a dénoncé, ils arrivent trop tard chez leur ami et trouvent la mère de ce dernier très inquiète, elle est certaine de l'innocence de son fils. Les jeunes garçons décident alors d'aller consulter le voyant Lukos bien qu'ils le redoutent plus que tout afin de connaître le nom du propriétaire de la chaîne.

Leur entrevue tourne court, le voyant les chasse avec des serpents et ils en oublient la chaîne. Mucius est resté enfermé, il réussit à s'échapper par le toit en sautant dans les bains de Diane. Il y retrouve sa lanterne, que Rufus avait prise par mégarde lors de son renvoi par le maître et y passe la nuit. Le lendemain matin, il est chassé par le gardien des bains qui lui dit que cela fait deux fois qu'il le surprend, Mucius comprend alors que Rufus a passé la nuit dernière dans les bains de Diane comme lui, il ne pouvait que venir de la maison de Lukos, comme lui. Il n'a donc pas pu commettre le crime dont on l'accuse.

On apprend alors la victoire du père de Rufus face aux Gaulois. Caïus avoue aux autres garçons qu'il a écrit sur le temple et agressé leur professeur, mais il n'a pas averti le préfet. Cependant les garçons restent sceptiques et Jules élucide l'énigme du pochoir. Caius n'a en réalité rien fait, mais il veut les aider à innocenter Rufus.

Xantippe soulève alors un point important, la nouvelle de la profanation figurait dans la première édition du journal alors que celle-ci se finit à trois heures du matin et que les gardes ont déclaré que la profanation a eu lieu à la 5e heure de la nuit.

Ils découvrent qu'à la 4e heure de la nuit, un message très urgent a été reçu de la part de l'ex-consul, Tellus. Ce dernier a été général en chef et a connu de nombreuses victoires, il est très respecté. C'est aussi le confident de l'empereur. Pour Xantippe, ce dernier est hors de cause car il n'a aucun mobile. Il pense plutôt que quelqu'un a informé Tellus de la profanation pour qu'il la transmette. En effet, un banquet a eu lieu chez lui la veille. Antoine se rend chez ce dernier pour retenir la liste des invités, inscrite sur le mur. Il découvre que le banquet a été annulé, Tellus l'accueille, mais Antoine se réfugie dans la chambre de l'ex-consul et découvre le manteau avec la chaîne, il l'emporte et retourne à l'école.

À ce moment, un homme qui se dit avoir été le compagnon de cellule de Rufus vient leur livrer un message « arracher sa peau de mouton au loup rouge ». Ils ne comprennent pas la signification du message puis ils aperçoivent Tellus qui rentre dans une boulangerie.

Les enfants se mettent à sa poursuite et se retrouvent dans une cour puis chez Lukos. Celui-ci leur avoue avoir profané le temple, agressé leur maître pour voler la tablette car Rufus a découvert son secret. Il les menace ensuite de les enfermer dans la cave.

Ils lui sautent dessus et découvrent à leur tour la vérité, Lukos est Tellus. Ce dernier qui avait beaucoup de dettes a eu l'idée de devenir voyant pour gagner de l'argent. Ses prédilections étaient toujours bonnes car étant le confident de l'empereur, il était toujours au courant de ce qu'il se passerait.

Rufus était venu la veille pour lui demander de jeter un sort à Xantippe pour qu'il n'aille pas voir sa mère et il a découvert son secret. Tellus voulait absolument qu'il se taise et a eu l'idée de profaner le temple pour qu'il soit arrêté. En apprenant la victoire de son père, il a soudoyé un garde pour qu'il soit envoyé aux galères dès ce soir.

Il passe un pacte avec les garçons, il promet d'aller voir le garde pour que leur ami ne soit pas envoyé aux galères, en échange, ils promettent de garder le secret.

Tout à coup la lumière se coupe, Tellus s'enfuit. Vinicius et Xantippe libèrent les garçons, Jules prévient le sénateur, ce dernier fait libérer Rufus, le garde est arrêté. Le corps sans vie de Tellus est retrouvé dans le bassin. La vie des écoliers reprend son cours.

III. PRÉSENTATION DES PERSONNAGES

Rufus

C'est le fils du général M. Praetorius, héros de l'histoire. Il adore faire des farces et est souvent de bonne humeur. Cependant malgré son passé victorieux son père est devenu pauvre, ce que lui rappelle Caius.

En l'inscrivant dans la meilleure école de Rome ses parents fondent tous leur espoir sur leur fils. Il est accusé d'avoir écrit l'inscription retrouvée en lettres rouge sang sur la façade du temple de Minerve par Caïus et son père.

Caïus

C'est le fils borné d'un sénateur assez riche. Il est le cancre de la classe, lent d'esprit, brutal, emporté. Il accuse immédiatement Rufus de l'inscription retrouvée en lettres rouge sang sur la façade du temple de Minerve ridiculisant son père. Il a une sœur nommée Claudia

Xanthos ou Xantippe

C'est un vieil homme grec, comme beaucoup de précepteurs sous la Roma antique. Il se montre souvent très sévère avec ses élèves il possède un grand savoir. Il a un caractère acariâtre.

Mucius

C'est le meilleur élève de la classe, très intelligent, il fait la fierté de Xantippe. Il est le fils du tribun Domitius. Il a été élu moniteur de la classe et y fait régner le calme. Il n'hésite pas à se mettre à la recherche de la vérité lorsque Rufus est arrêté et accusé injustement.

Lukos

C'est un astrologue-voyant d'Alexandrie, personnage assez énigmatique qui loge en face de l'école. Personne ne l'a jamais vu sortir de son domaine, les enfants pensent qu'il est cul-de-jatte. Les hauts dirigeants viennent souvent le consulter pendant la nuit. Il effraie les écoliers.

Vinicius

C'est le père de Caïus et un riche sénateur, il est indigné par l'inscription sur le temple et veut punir Rufus.

Scribonus

C'est un expert en calligraphie. Il certifie que l'écriture de la personne ayant profané le temple et celle de Rufus sont identiques.

Flavien

C'est le peureux du groupe. Il fait tout pour ne pas être mêlé au problème.

Antoine

Très imaginatif il émet au cours de l'enquête plein d'idées plus folles les unes que les autres.

IV. AXES DE LECTURE

Un roman historique

Un roman historique est un roman qui a pour toile de fond un ou plusieurs épisodes de l'Histoire. Au cours du récit, l'auteur utilise plusieurs figures historiques propres à la Rome antique telles que les sénateurs ou encore le général. En effet le récit se déroule sous la Rome Impériale au Ier siècle avant Jésus-Christ. À cette époque la ville est le centre de l'Empire romain, qui a dominé l'Europe, l'Afrique du Nord et le Moyen-Orient pendant plus de cinq cents ans à partir du Ier siècle av. J.-C. jusqu'au Ve siècle apr. J.-C.

La Rome antique est à la fois la ville de Rome et l'État qu'elle fonde dans l'Antiquité. La Rome antique est inséparable la culture latine. Durant plusieurs siècles, la civilisation romaine passe d'une monarchie à une république oligarchique puis à un empire autocratique. Sa domination sur l'Europe de l'Ouest et la région méditerranéenne a laissé d'importantes traces archéologiques et de nombreux témoignages littéraires, et elle a façonné pour toujours l'image de la civilisation occidentale.

La fondation de l'Empire par Auguste marque le début d'une période où la conquête romaine atteint les limites du monde connu à l'époque. À partir du IIIe siècle, le monde romain subit l'assaut des Barbares venus de l'Europe du Nord et de l'Asie. Après la séparation entre l'Orient et l'Occident en 395, de nouvelles invasions mettent fin à l'Empire en Occident en 476.

La civilisation romaine est souvent regroupée dans l'Antiquité classique avec la Grèce antique, une civilisation qui a inspiré une grande partie de la culture de la Rome antique. La Rome antique contribue grandement à l'élaboration du droit, des constitutions et des lois, de la guerre, de l'art et la littérature, de l'architecture et la technologie et des langues dans le monde occidental, et son histoire continue d'avoir une influence majeure sur le monde d'aujourd'hui.

Aujourd'hui on a conservé de nombreux monuments antiques, dont le Colisée est l'un des plus célèbres. Dans cet amphithéâtre qui pouvait accueillir jusqu'à 60 000 personnes avaient lieu des combats de gladiateurs et d'animaux. Édifié entre 70 et 80, c'est l'œuvre des empereurs Vespasien et Titus. Le quartier du Forum romain et du Colisée, cœur de la ville antique, est dominé, par l'arc de Constantin, érigé en 315 pour commémorer la victoire de l'Empereur Constantin sur Maxence, l'arc de Titus, l'arc de Septime Sévère. Le Forum romain était, au temps de l'Antiquité, une grande place où les Romains se rassemblaient pour discuter d'affaires. C'était là que siégeait la Curie, le Sénat.

Le récit est riche de descriptions très détaillées des conditions de vie, des personnages, des attitudes, des constructions... qui permettent au jeune lecteur de se plonger dans cette époque tout en menant une enquête. Entre histoire, imagination, intrigue et légende, l'auteur nous plonge au cœur d'un récit à la fois ludique et mystérieux. On s'immerge dans la vie quotidienne des Romains, à l'école, dans la vie religieuse et politique. Ce nous introduit dans l'éducation de la Rome antique ainsi que les autres aspects de la civilisation romaine.

L'amitié

L'amitié entre les jeunes garçons est un des fils conducteurs du récit, au début ils sont insouciants, naïfs et se chamaillent, leur complicité semble sincère et profonde. Le fait qu'ils soient peu à suivre les cours les rapproche.

On remarque cependant que certaines choses les opposent dès leur naissance, leur origine sociale et la fonction de leurs parents, mais surtout leur réputation. Rufus est le fils du général, M. Praetorius, héros de l'histoire, malgré son passé victorieux ce dernier est devenu pauvre, ce que lui rappelle Caius. En l'inscrivant dans la meilleure école de Rome ses parents fondent tous leur espoir sur leur fils. Lorsque l'inscription retrouvée en lettres rouge sang sur la façade du temple de Minerve est découverte, il représente le coupable idéal pour Caïus et son père qui le fait arrêter.

L'amitié des élèves est mise à l'épreuve, mais Mucius, le meilleur élève de la classe, très intelligent, également fils du tribun Domitius n'hésite pas à se mettre à la recherche de la vérité lorsque Rufus est arrêté et accusé injustement. Il prend son rôle de moniteur de la classe au sérieux et y fait régner le calme.

Tous grandissent au cours du récit et découvrent la vie dans la Rome antique et ses rouages, tandis qu'ils enquêtent ils apprennent de façon ludique à intégrer le monde adulte. Ils découvrent plusieurs sentiments comme la rivalité, la manipulation, mais finalement l'amitié semble triompher. Les élèves apparemment plus doués que la moyenne arrivent à bout de l'enquête et découvrent la vérité. Ce récit est également un roman d'aventures.

Dans la même collection en numérique

Les Misérables

Le messager d'Athènes

Candide

L'Etranger

Rhinocéros

Antigone

Le père Goriot

La Peste

Balzac et la petite tailleuse chinoise

Le Roi Arthur

L'Avare

Pierre et Jean

L'Homme qui a séduit le soleil

Alcools

L'Affaire Caïus

La gloire de mon père

L'Ordinatueur

Le médecin malgré lui

La rivière à l'envers - Tomek

Le Journal d'Anne Frank

Le monde perdu

Le royaume de Kensuké

Un Sac De Billes

Baby-sitter blues

Le fantôme de maître Guillemin

Trois contes

Kamo, l'agence Babel

Le Garçon en pyjama rayé

Les Contemplations

Escadrille 80

Inconnu à cette adresse

La controverse de Valladolid

Les Vilains petits canards

Une partie de campagne

Cahier d'un retour au pays natal

Dora Bruder

L'Enfant et la rivière

Moderato Cantabile

Alice au pays des merveilles

Le faucon déniché

Une vie

Chronique des Indiens Guayaki

Je voudrais que quelqu'un m'attende quelque part

La nuit de Valognes

Œdipe

Disparition Programmée

Education européenne

L'auberge rouge

L'Illiade

Le voyage de Monsieur Perrichon

Lucrèce Borgia

Paul et Virginie

Ursule Mirouët

Discours sur les fondements de l'inégalité

L'adversaire

La petite Fadette

La prochaine fois

Le blé en herbe

Le Mystère de la Chambre Jaune

Les Hauts des Hurlevent

Les perses

Mondo et autres histoires

Vingt mille lieues sous les mers

99 francs

Arria Marcella

Chante Luna

Emile, ou de l'éducation
Histoires extraordinaires
L'homme invisible
La bibliothécaire
La cicatrice
La croix des pauvres
La fille du capitaine
Le Crime de l'Orient-Express
Le Faucon malté
Le hussard sur le toit
Le Livre dont vous êtes la victime
Les cinq écus de Bretagne
No pasarán, le jeu
Quand j'avais cinq ans je m'ai tué
Si tu veux être mon amie
Tristan et Iseult
Une bouteille dans la mer de Gaza
Cent ans de solitude
Contes à l'envers
Contes et nouvelles en vers
Dalva
Jean de Florette
L'homme qui voulait être heureux
L'île mystérieuse
La Dame aux camélias
La petite sirène
La planète des singes
La Religieuse

À propos de la collection

La série FichesdeLecture.com offre des contenus éducatifs aux étudiants et aux professeurs tels que : des résumés, des analyses littéraires, des questionnaires et des commentaires sur la littérature moderne et classique. Nos documents sont prévus comme des compléments à la lecture des oeuvres originales et aide les étudiants à comprendre la littérature.

Fondé en 2001, notre site FichesdeLectures.com s'est développé très rapidement et propose désormais plus de 2500 documents directement téléchargeables en ligne, devenant ainsi le premier site d'analyses littéraires en ligne de langue française.

FichesdeLecture est partenaire du Ministère de l'Education du Luxembourg depuis 2009.

Plus d'informations sur www.fichesdelecture.com

ISBN: 978-2-511-02945-9